邂逅や

WA KU RA BA YA

西村美智子歌集

青磁社

*目次

西村美智子歌集

邂逅や

家族と戦争

邂逅《わくらば》や　葉月に生まれ長月に満州事変われ戦の児

旧弊と京の旧家を脱けし父母海に展ける町を選びぬ

大学に出勤の父見送りてリベルテと母　吾を挙げしとや

六甲が支える碧き空を截《き》る軍機の方にわれは手を振り

舅逝き京の旧家に戻ること母抗いぬわれノラなりと

女子大出ノラ青鞜派足音ドン畳抜けると祖母耳ふさぐ

祖母と母争う声に泣きたれば「うるさい」と父われを殴《う》ちたり

「女子大出なんぼ」と琴をかき鳴らし祖母黙《もだ》深く母と隔たる

真夜門扉叩きし友はコミュニスト父は拒みき家族大事と

暁闇の鴉に目覚め耳にせり台北移住の父母の密談

花もはや見ることなけんと祖母の掌が桜芽《さくらめ》仰ぐわが肩抱きし

京都駅プラットフォームの向かい風汽車追いかける祖母転ばせり

高砂丸台湾派遣の兵士見て児ら合唱す「兵隊サンヨアリガタウ」

背負われて児ら船倉に降りたれば兵士居住区口笛満ちる

わが名聞き娘と同じと喜びし兵厚き掌でキャラメルくれぬ

姉《あ》んねから教わりたりと若き兵女児に囲まれ綾取りお手玉

零歳のいもうと母より抱きとりて上等兵殿えくぼつつきぬ

桜芽の京より着きし台北は檳榔《びんろう》並木羽ばたきやまず

イル・フォルモサ！火炎葛《かえんかずら》が花噴ける庭で四人の家族乾杯

イル・フォルモサ＝台湾の旧称美麗島

家族率《い》て万華《マンカ》雑踏行く父の白き官服けざやかなりし

うら若き子守葉さん民謡を教えてくれき共に唄いき

京訛り直らぬわれを湾生《わんせい》の級友囲み笹で小突きぬ

湾生＝台湾で生まれた日本人

「本島人！」葉さんを打つ　級友にいけずされしとえ告げられず

水牛が群れる埤圳《ヒシュウ》のかわたれに南に帰る葉さんと泣く

学童ら行く末知らず詣でたり十二月八日台湾神社

半年は捷報飛来子規鳴けばアッツ島が突如玉砕

火炎葛根こそぎされて闇こもる防空壕が庭の真中に

出陣の弟子らが来たり父囲み征く明日言わず学を問いたり

学徒兵挙手の礼清く去り行けば父追わんとし鼻緒を切りぬ

学徒兵特攻死する報道を読むたび父はもの言わずなる

まっくらはこわいと叫ぶいもうとを横抱きにして父壕に走る

壕真闇潜みし家族息のめばはるかより迫る絨毯爆撃

至近弾壕揺れしとき家族抱き伏せたる父の動悸はげしも

トロッコで北回帰線越えて着くアミ族の郷《さと》のぞむ疎開地

眉の濃き男《お》の子わがため汲む泉葉漏れ日ちいさき虹をかけたり

ビンローに朱く染まりし歯を見せて男の子歌えりアミ族歌謡

洞窟に籠もる日近しと父は告げうから三人抱き寄せにけり

狂《ふ》れよとぞ蟬が鳴きいる深山の正午聞きたる降伏勅語

台北へ撤退準備の小屋の真夜天地とよもし牛蛙吼ゆ

台北は壕のみ残りいもうとが野花摘みきて壁を飾れり

焼け跡の壕の夕餉は糠《ぬか》すいとん家族四人が音立て啜る

自らのネルのズロース縫いあわせ母いもうとのリュック仕立てぬ

父小兵《こひょう》巨大リュックに喘ぎつつ家族率いき基隆《キールン》埠頭

ＤＤＴ摑む赤毛の鬼の掌を十四歳の胸開け待ちし

貨物船船倉に座し泣く母の頬を拭きしは幼きいもうと

哭《な》きいるは病む児にあらず親なりきすし詰め船倉揺れ止まぬなか

泣きまどう親の耳にはとどきしやみどり児海に沈みたる音

引き揚げ車降りし京都は花ふぶき肩震わせて母慟哭す

くにやぶれ戻りし京のさくら浴び「ようおかえり」と祖母に抱かれぬ

れんぎょうに巨鯨の影の月日かな　兜太

天《あま》そそるビル陰に臥すデイケアに老いどち語ればいくさは昨日

I

安心と逝きてしまいぬ

花に埋まる母のくちびる紅あざやか百一歳の天へのかどで

カツ完食「ヘキサゴン」見て大笑いアイスに満足母逝きませり

「何時え」と起きる時間を問いし母にふたたび覚める朝訪れず

戸締まりの点検をしてわが母はこれで安心と逝きてしまいぬ

夕日好きの母弔うか葬列の行手に朱なる大いなる夕陽

声あらげ母罵りしこともあり許したまえと骨壺を抱く

愛さるることのみ求めひたむきに百一年を生きし母はも

びわの実のごと

誤爆受けしアフガン少女の顔の皮膚びわの実のごと剝がれていたる

電信柱とあだ名されたる友なりき恋も知らずにこの世駆け去る

どこで切ってよいかわからぬ長電話捨て猫に似しきみのさびしさ

午後の光まとわせ老いらの長話シニアマンション花ある広場

贈られしシクラメン窓辺に置きたれば陽光たちまち花をいだきぬ

おとめごの乳首のごとくふくらめる木蓮のつぼみ月がふれたり

父の骨

父の骨二十年待ち母の骨を迎えいれたり奥津城《おくつき》の底

口癖が「我ニ妻子ノナカリセバ」、そのあと語らず父世を去りぬ

ここにない自分求めて足掻きつつ人生終えたる父かと思う

台湾支配罪と知らざる子供われ子守の葉さんぶちしことあり

ガジュマルの下枝《しずえ》にわれを座らせて台湾民謡うたいし葉さん

ケム河畔

ケム河畔国籍ことなる数人でカンビール持ち月の出待てり

おのおのが艱難の生内蔵し再会果たす台湾疎開少国民

少年きみが葬送の喇叭吹きしかな引揚船上嬰児の水葬

「桃源」のロビー

人未生のしじま思えり満開の辛夷並木を月が照らせり

大いなる虹立てば誰か来よと呼ぶ木霊のほかに来る者なきに

夕陽受け並木が黒き影映す潰れし店の続くシャッターに

百過ぎて化粧はげめる母なりき果て憂しなどと露思わざる

何遂げしやとわれの背を打ち尻を打つぬばたまの夢の十八のわれ

沼おおう青味泥《あおみどろ》なる歳月を英語教師で泳いで晩年

連休は核家族訪問で賑わえり老人ホーム「桃源」のロビー

灯の海に驚嘆しカメラかまえたり高層マンションの窓辺に童児

キシタオセ

『埃吹く街』を購《あがな》い気負いたち河原町奔《はし》れり十七のわれ

キシタオセ沖縄還せと叫びたる唇冷えて五十年なり

葉桜の並木森閑彼方より足音忍ばせわが悔い近づく

ぬばたまの夜を徹して夫待ちあかねさす朝勤めに出でぬ

猛禽の如き少女が朝川を渉りて夫を奪いて去りぬ

近藤芳美と高安国世が在《お》す部屋にサナギわれおり　ついに羽化せず

六・一五のデモ

沖田総司の死を見届けてテレビ消す丑三つの窓雨音激しく

車椅子隊伍を組みて万緑の森より蓮の池をめざせり

六・一五のデモにありしやと孫問えりありしよ紅き旗の林に

出さざりし封書を月が眺めおり交わり絶ちし宛名の友よ

ぎしぎし歌会

逢わぬまま師と慕いたる女《ひと》逝けり葉月あかとき風ごうと吹く

ビッグマウスの少女でありて嫌われぬ「ぎしぎし歌会」蒸し暑き夏

七十代最後の幕が上がる日を冷やしうどんで祝ったよ　ひとり

しどろもどろ不覚の一生に候と炎天に長き舌出してみる

水銹《みさ》び浮く小さき沼に母鴨はひっそり雛鳥育みており

仔鴨連れ沼をめぐれる鴨に告ぐわたくしよりも良い母なりと

さよならという語を教え別れたりつつがなきや豪州のクリフ

三葉虫の昔より続きし偶然がわれを生みたり生きざらめやも

月光に身を投げ入れて溺れしか自転車白く崖に繫《かか》れり

朱の波金の波

渾身で妻を愛せる歌永遠《とわ》に近藤芳美永田和宏

出崎哲朗「塔」にその名をみつけたり我を短歌に誘いし恩師

数えきれぬ春過ぎたれど出崎先生と浴びしさくらを我は忘れず

池に映る梢めぐりて秋の鴨朱の波金の波立て泳ぐ

見下せば灯の海原よその果てに巨大彩輪めぐりてやまず

本棚に畳に乱れて読まれざる本のしかばねなまなましく

骨銀色に

月愛でし母の墓標に月染みて骨銀色に輝やきおらん

きみ十七われ十六で作歌せりクローバー満開御所の原っぱ

四条河原町古き茶房に師を囲みわれらは仲間アララギ学びし

酸素マスクに覆われし顔のまなこのみ動かして友われを迎うる

水飲めぬ友の唇しめしたり清き布よりしたたる水で

せっせっせとむかし重ねし手を握り魂《たま》よ止まれとひた祈りたり

稲健さん

渡り鳥去りし水面《みなも》に氷張り池は寂しく空と向かえる

風とよみ雲なみうてる午後にして今年最初の雪降りきたる

白布《しらぬの》に覆われしきみのかんばせが雪降るなかに顕れて消ゆ

エジプトに民衆起つを拍手して観ているわれは何の残党

稲健《イナケン》さんロマンチストでありしかな帽とマントに花むくろ載せ

稲健さん児らに囲まれシャボン玉盛んに売れり昔の四条

鴨がいる鯉が泳ぐと指さして翁語れりものいわぬ妻に

押してあげるよ

鹿島立ち学問すると空港でわれに約せし手の熱かりき

夭《わか》ければ病を忘れ夜を徹し異国を学びつついに戻らず

メルアドもスカイプもすべて消去して死ぬまで続かんさびしさに耐う

車いす押してあげるよ時くれば　桜の下で言っていたっけ

鳩よ佳き便りをわれに運び来よわれはベンチで汝を待つなり

ほしいまま若葉繁れる渓谷をもとおり行きし昨日の脚はも

広大なコスモス畑に独り立ち号泣していた暁の夢

うつつには号泣したることなきも夢のなかではぞんぶん泣いた

引揚者万歳

亡き友ら笑いさざめく宴の夢われのみ生きて加わりており

コンコースあかりは昏《くら》く混み合いて「地震怖し」と誰かつぶやく

大海の朝日に向かい引揚者万歳叫びぬ十四のわれも

朝顔の初の一輪純白でわが唇をむかえてそよぐ

星菫派

ベイスターズ負けを続ける球場に月まんまるくせりあがりくる

ビンロウジュ影濃き八月六日午《ひる》神風信じて壕掘りいたり

母の歌星菫派などと罵りし若き日のわれただ悔やまれる

終バスに残るはわれのみ赤き灯をともす行先ふと不安なり

入り日さす野に数知れぬ曼珠沙華おのおの燃える篭を掲げる

おごそかに入り日に映える石だたみ木犀薫る風とわれ往く

群狼の飛翔

翼ある群狼《ぐんろう》の飛翔想像す凩ごうと空渡るとき

内出血で紫色に変りゆく四肢につぶやくさいならかこれで

受け入れのＥＲ探す医師の眼鏡電話にぶつかり落ちかけており

救急車駻《かん》馬《ば》の如く闇に跳ねわが身けむりになる日怖ろし

我がいのち助けたまいし若き医師ビンズルさまか頭耀う

琅玕《ろうかん》のさやげる響き恋いたりき難病棟の闇に音絶え

薄氷《うすらい》のくまなく張れる蓮池に雪ひっそりと降りつもるらん

笛吹き男

難病の冬を送りて今年また辛夷ふふめる早春に逢う

池のさくら咲ききわまりて風立てば水面《みのも》ましろに葩《はなびら》つもる

古民家のくらがり出れば咲きなびくしだれ桜の紅が目にしむ

先頭に笛吹き男いるごとく園児ら若葉の森に消えゆく

手足麻痺している老人つぶやけり「家族のためにデイケアに来る」

数合えば歓声あがるデイケアのトランプ遊び西日が染める

コミューンを君語りたるかのベンチ時を遡行し見つけたし今

こぶし・桜・卯の花散らしし暗き雨今紫陽花を腐らせている

きみ生きて笑っていたよ万緑の古墳めぐりし去年《こぞ》の今頃

II

時報が鳴れば八十一歳

大衆はバカと言い切り滅びたるコリオレーナス甘ったれ息子

ワイン飲みレーズンパンとチーズ喰う時報が鳴れば八十一歳

落ちて行く満月われをのせるべしさびしさきわまる八十一歳

うら若き神風きみらを死なしめてぬけぬけ生きし日本よ日本

白きブランコ揺れやまぬなり子ら去りて風おらびいる夜のバックヤード

レーニン・ローザ論ぜし

白き沙に夾竹桃の花こぼれ歌に執せし十七の夏

戦後青春まことに昏きときなりき自死も思わず生きのこりたり

トルコ石とかせるごとく空碧し生きるはよしと病むきみが云う

背伸びしてかたみに嗅ぎし金木犀今年枯れしと友告げきぬ

美しき落日待ちて母とともに泊り重ねぬ雨やまぬ宿

家族も友もたのまぬ無援のわれを撃て木枯らしに落つ無数の木の実

眼下はるか曼珠沙華満開の原ありてわれを誘《いざな》うここに飛びこめ

河原町四条の角の茶店《さてん》にてレーニン・ローザ論ぜしきみはや

赤きコートを

碧落の深き淵より降りてきし階《きざ》を登らん地球《テラ》な滅びそ

雌雄の風まぐわいながら林ぬけ月に向かいて声発しあう

雁わたる空を不思議と仰ぎたり台湾引揚げ初めての秋

雪のくる気配を告げてヘルパーさん赤きコートを羽織りて去りぬ

粉雪に濾過され向かいのマンションが古城のごとく謎めきてくる

ゆらゆらと傘につられて人は行く粉雪次第に吹雪にかわる

デイケアの大部屋冬陽横溢し老ら合唱汗滲ませて

カロンの舟

カロンの舟星の夜半発つデイケアの朋の一人が乗りて手を振る

今年もか梅は匂えり老夫婦施設に去りて人気なき庭

わが胸に寂しがりやの鳥棲みて夜半に羽ばたきロンリーと啼く

日当たりのよき一樹のみ満開となれる辛夷は孤独な女王

まっさきに咲ける辛夷はまっさきに散るさだめなりおさきにというて

鶴を積むのみ

癒《い》えざると告げられてなお試すなりリハビリ用の機械さまざま

折れるのは鶴だけなればデイケアの折り紙の時間鶴を積むのみ

うるわしき四月の空のひかり背にデイケア遠足集合写真

ジュテームと水で書かれし卓杏《はる》か　四条小橋の茶房《さぼう》潰れぬ

彼の岸で「ぎしぎし歌会」開かるる皐月《さつき》あかとき五分のまどろみ

校長派を

白蓮の池におちたる赤風船花から花へと跳ぶごと渉る

ともに植えしくちなし庭に繁茂する友の画像よ久しく逢わず

誰も待たぬ部屋に戻りてデイケアのリハビリ復習風すさぶ夜

毎夜毎夜孫はメールを打ちきたるばあちゃん元気?カープ負けたよ

活動家きみの喇叭が高鳴りてわれも闘いき学園紛争

猪《い》のごとき権力に依《よ》る校長派をきみ弾劾しわれも同調

争いてなに身につけし一生《ひとよ》なる　夢に顛《た》ちたるきみがなげかう

学校史に蓋棺録残り事実消え死者はあの世でとわの沈黙

校長のベンツ校門疾駆していい並ぶ生徒の影轢かれけり

泰山木葉陰にひそむ花数え梢にいたる星と眸《め》があう

妙高と黒姫

ひぐらしが鳴いたと誰かの声がする夕焼け満ちる帰宅ケアバス

陽は白く暑さきわまる葉月午後かけし電話はなべて留守電

長く生き人傷つけしことあまた陽光蟬声《せんせい》激しく吾《あ》を打つ

妙高と黒姫碧き農道を亡母《はは》と歩みき曼珠沙華の季節

十七の彦

人は病めども職失えども生きいるに何に死にしか十七の彦

レストランに逢わんとわれに約せしに彦は紅葉の森に消えたり

えくぼある少女想いてデッサンを描きのこしたり彦の初恋

メロンパン大好きなりし彦逝きてメロンパンわが買うこともなし

大伯母よ百歳越えても生きたまえ彦ほほえみてあけぼのに顕《た》つ

怪鳥のごとく

夜の底を怪鳥《けちょう》のごとく哮《たけ》りつつ救急車疾駆す二度目の発症

螺旋階段に屯《たむ》ろする鳩差し覗く窓のかたわらわれ病臥せり

われら三人髪失えば帽着ると鈴ふるごとき声で告げらる

消灯まで笑い声絶えぬ病室に忍び音聞こゆ小夜更けたれば

凩が満月磨きてま明るし与えたまえな時いま少し

もの言えぬ人が手招き彼方指す園の冬空虹かかりたり

それぞれの背中に過去は重けれどわれらは遊ぶ園に児のごと

豊田厚二さん

サヨナラと日本語で告げアンゲリカケム河畔よりいずこに行きし

稲妻が淡緑にオセロつつみたり野外劇場ケム川のほとり

戦争無うてよかったなあとわが母は百一歳で笑みつつ逝きぬ

冬の雲ひび割れ藍の淵覗き独りの窓に霹靂とどろく

変らざる調べ静謐「塔」に読む豊田厚二の晩年の歌

黙《もだ》深く聴く姿顕《た》つ「ぎしぎし」の豊田厚二さん逝きたまいしか

「ぎしぎし」砦の残党

大戦の前年父は郷《さと》を捨て家族を連れて台湾に渡航

遊びをせんと子ら甲板に集まれば応召兵士も輪に加わりぬ

妹の如しと言いて若き兵われを背負いて船をめぐりし

ついに敗ける戦始まる前年の甲板に笑いし兵ら子供ら

林間を孔雀らあゆみ梅香りやがて潰《つい》える家族遊びし

短歌滅亡呼ばわる声の高き時「ぎしぎし」砦で短歌教わる

光陰六十余年うた再開のあたしです「ぎしぎし」砦の残党なれば

北半球より遠ざかる

日のあたる方をめざして並木行く並木の果てで辛夷満開

ひそひそと降りいでし雪たちまちに見通しきかぬ紗の幕を張る

やまい癒え春歩きたし係恋に似たる心で花を待つなり

蒼穹にふとぶと枝をさし伸べて桜は花の塊を噴く

撮るからねあの樹の下に立ってよと声変りした孫が叫べり

下枝《しずえ》の花はるかと見上げし日もありき上枝《ほつえ》の花に顔寄せる汝《なれ》

百花載せ北半球より遠ざかる風の匂いすあかつきの窓

うぐいすの声を背にわが車椅子バラ園通り蓮池に着く

残酷な月

放送を信じて救助ひたまちて海に沈みし若き命よ

闇黒《あんこく》に波は沖《ちゅう》せり少年ら水漬《みづ》き四月は残酷な月

地震《なゐ》ふるいまろびつつ出し吾が前に葉桜静か青葉闇濃し

孫が押す車椅子疾《と》し鳥獣に見つめられつつ園をめぐれり

園児らの歌声しだいに遠ざかりわれは菖蒲の叢《むら》と残れる

丸善あり六曜社ありし

帰りたし四条の角の河原町『埃吹く街』初版出し日の

丸善あり六曜社ありし河原町何処消ゆらむ尋ねて行かな

赤旗も一流なれどまじりいて護憲のデモは官邸かこむ

向日葵があまた窓から覗きいて老いどち昂ぶるいくさの話

歓呼赤くカープさながらカーニバル原爆ドームは闇をいだけど

生きることこれで終りと思いしが八月は来た六九回も

自動扉開けば風と虫の声われを包みぬ夏逝きしかな

倒影の木群の梢白き鷺片脚立ちに夏を見送る

敗戦を知りたるわれの大泣きを慰めくれし台湾の人

国敗れ追放きまりし校舎の窓われら女生徒並んで拭きぬ

窓拭けば空の青さもきわまりぬ六十九年前台北一高女

台北の空を磨くと窓拭きし友は引揚船上に果つ

台北駅頭

曼珠沙華あふるる庭に人気なく茅葺き屋根の伽藍昏れゆく

車椅子薔薇千本の園通り万本そよぐコスモスに遭う

うたあればなにか嘆かむ病もち足腰重き八十路過ぐれど

老いどちは死ぬが自なりと若者がさらりと言えり夕陽あかあか

丈高き梢は赤き雲を刺し篁夕べの光乱せり

いつしかも祖母の享年越えており黄落の道風が背を押す

引き揚げの我らに別れの琵琶弾きぬ台北駅頭盲目の人

貨物船の底に難民われら臥し吐く者ありき死ぬ者ありき

南京虫に喰われしわれら甲板に日本を見てバンザイ三唱

かたつむりの如く

わが影の頭蓋を砕き黒ヘルの青年爆走凩を追う

ひとときに紅葉散らせる大風よ運べやわれも終りの地まで

反自民の投票せむとかたつむりの如く這い行く投票所まで

亡き父母が執せし山荘あら草の巣となりついに豪雪に朽つ

ひとつぶの葡萄はむごとひとつ笑む百一歳の母なりしかも

内定の記念と青年祖母を訪う老いどち群れる春浅き苑

丈低き老女は孫を振り仰ぎ「来てくれたんや」と右かいな取る

絵文字使う祖母のメールの不可思議を青年語れば笑い声満つ

尿《ゆばり》の臭い漂わせつついそいそと老女は孫と苑を巡れり

日照雨

白き手の数限りなき爆弾が黒旗掲げる魔を呼び出せり

海見える席で生牡蠣すする時わが下半身人魚となりゆく

陽を仰ぎ列なす辛夷さみどりの莟幾百いつの日爆《は》ぜん

蒼きよりそそぐ日照雨《そばえ》の針を受け盛りの辛夷わが胸に散る

「咲かぬか」と問いし君はも窓に今万朶の桜ひかりを放てり

夕川に風が浮かべし花筏吾《あ》を載せて往け春の湊へ

さくならばないつしかも消え葉桜の新芽さみどり春よさよなら

百一歳まで生きたまいける母上よわれは優しくせしことありや

「しんどい」と繰り返す母に「くどいえ」と応《いら》えしわれは鬼でありしか

精魂をこめし母の絵その鶴はとわに飛びいん暗き物置に

琵琶湖にて初日の出見る約束を果たせぬままに母見送りき

とりどりの服着る犬

停電に妨げられつつ夜を徹し涙で読みき『きけわだつみの声』

高層のビルに圧《お》しつぶされそうな庭に紫陽花天仰ぎ咲く

見下ろせばビル谷底に古屋《ふるや》あり暮れれば蛍の如く灯ともる

黒々と紫陽花腐《く》えるかたわらで向日葵むくり膨みている

梅さくらツツジ紫陽花幾めぐり歩行リハビリ望みなおもつ

ビルの窓雲を破りて太陽が割れた卵の如く映れり

とりどりの服着る犬に越されゆく歩行リハビリ樹影濃き径

山荘

不自由さ疎開家屋と変らざる山荘建てて父母喜びき

妙高と黒姫見ゆと八十路越えしちちはは愛でき八重葎《やえむぐら》の荘

始末せよと迫る書類のきたるなり潰えし荘の写真を入れて

Ⅲ

病院のメシうまいで

夏至近く去りたる友の置土産苗は朝顔藍青《らんじょう》に咲《え》む

一杯の猪口のワインの香をかぎて「こら宴会や」と笑みしきみはも

「病院のメシうまいで」と弾みたるきみをなにゆえ死は選びしや

豪雨昏き病窓ゆ見る荒しぶき救急車いま到着したり

世界滅べ滅べと聞こゆ病窓をひねもす豪雨叩きてやまず

病窓に腰の部分を見せている螺旋階段汝《な》を登りたし

あかんたれ

信綱の選に採られし一首ゆえ母は歌人とひと生《よ》自称す

玻璃のビル銀杏の列が映りおり疾風《はやち》過ぎれば音なく揺れる

引き揚げて最初の秋の木犀に心ふるえてまなこ閉じにき

青年が塀に跨がり石榴伐る揺れる百果を夕陽が包む

杖に依り同窓三たり集いたり鷗が覗く海辺の茶房

成らざりし恋もかたみに知りたれば語り優しく窓暮れてゆく

万葉を教えたまいし夭折の師を偲ぶときわれらは女生徒

亡き母に体操教えヨガ教え歩行も教えしわが脚萎える

他家の庭覗き見しつつ散歩して母は覚えき花のめぐりを

額《ぬか》つけてわが熱はかりくれしなり祖母も昭和も若かりし冬

折り鶴をよれよれにしか折れぬ吾をあかんたれやと祖母は嘆きし

あかんたれと心配されしわれなれど祖母の享年過ぎて生きおり

春告げ花

豆つぶのようなリースでデイケアの壁を埋めつつ聖夜《イブ》待つわれら

うすれゆく虹を追わんと枯れ芒うち伏す径に車椅子入れる

爪ほどの花芽無数に光らせて辛夷並木は冬空仰ぐ

ベランダに誘い出さんと鴉鳴く朝のベッドに巣籠るわれを

ひた漕ぐはエアロバイクよデイケアの窓辺に芽ぐむ一樹めざして

辛子酢で食べる菜の花稚くて春告げ花と汝《なれ》を呼びたし

老いてゆくわれを置き去り夭折の友はまがなし青春にある

病窓より手を振る君に空青し早く梅咲け共に花見ん

梅咲けば家に戻ると楽しみし君の柩に梅散りやまず

仲町台

仲町台辛夷並木の多き街児らが競いて花びら拾う

高層より見ればま白き静脈か辛夷並木は四方《よも》にはしれり

万本の菜の花あめにけぶる中ミモザアカシア黄をきわめ佇《た》つ

さくらばな池のおもてに散りたまり鷺が片脚あげて乗りたり

営巣の桜小枝を集めいるめおと鴉に花ふりかかる

紅旗征戎わがことなり

アララギしか歌でないと思いこみ白秋否定し国語零点

車椅子押すからばあば外に出よ五月を見よと孫の誘えり

車椅子の吾が陸橋ゆ見下せば眼下の車列玩具のごとし

アメリカ風のハウスあかるく並ぶ道みずき並木がま白く続く

ちちははと囲みしすき焼き葱青しはたちで去りし京の葱はも

人の逝くシニアマンション紫陽花が庭にかぐろく増えて覆えり

紅旗征戎わがことなりと雨そそぐ真夜を奔《はし》りきはるかな水無月

民主主義求めしことは虚しいかくちなし香る昔のままに

花柄リュック

百年に一度の花を咲かせたる篁映りふと部屋揺れる

公園で鶏ら遊ぶを眺めれば庭持たざりし一生《ひとよ》さびしく

末息子の選びくれしが派手かしらじゅん子さん撫でき花柄リュック

ダービーに息子と共に行きしこと語りし声の若く弾みき

風船バレーのエースでありしじゅん子さん姿の消えて夏至が過ぎたり

段ふたつ踏みはずしてより臥せました青年来て告ぐじゅん子さんの訃

花柄のリュック背にして花浴びる母の写真に青年は笑む

亡き母の朋《とも》どち老いし手を振れば青年礼《いや》し自転車で去る

痛うおまっせ

真夜まろび裂けし頭《こうべ》ゆ奔る血汐跨ぎて救急車呼ぶ

歳・名前・怪我のいきさつ応う間も戦車のごとく救急車上下す

麻酔せずホチキスで傷閉じてゆく痛うおまっせ八十五歳

五歳の日死の来ることを畏れしが八十五歳夏の香《かぐわ》し

先生を想うと和さん打ち明けきどくだみ咲きつぐ戦後の校庭

和さんは勿忘草の鉢持ちてわれを誘わず先生訪いき

樟《くす》見上げ蟬数えむと弾みたり我より一尺高き孫の背

さらば夏八十五歳の夏さらば十四の夏に国は滅びき

琵琶湖周航歌

家事なんか時間の無駄やとゴミ部屋で絵描きし母の享年百一

湖畔の宿カラオケルームで百歳の母と唄えり琵琶湖周航歌

「このカス」と吾《あ》を罵れど妹に優しく母に甘かりき　父

「使いもんにならん」と言われ育ちしが英語教師で奮迅したり

国防の檄を宰相飛ばすとき議員起立す戦争を知らず

本に耽《ふけ》り小児喘息引き籠り父が嘆きのわが幼年期

「お日いさんに匂いもろた児」壮年の亡父《ちち》の愛児《まなご》の妹も喜寿

ともかくも八十五年生きました出来が悪いとご心配でしたが

ディケンズ・ブレイクの街

雲表を飛ぶこともはやあらざらめ恋しディケンズ・ブレイクの街

丸、菊池、田中のような青年が爆弾抱きて空征きし昔

高層のビルのあわいに見ゆる富士折り紙のごと青き三角

デイケアの迎えの車が着く庭に山茶花浴びて人待ちにけり

記念会逢いてハグして喜びき今月の「塔」に君の死を知る

笑むことしかえ知らぬきみが笑みながら名札集める苑夕暮るる

残生の周辺雪の消えるごと賀状の束の年々薄し

百獣の匂いにまじり梅かおる一樹満開獣園の丘

車椅子の吾《あ》が人参を差し出せば黒眼すずしく馬寄りてくる

問いたげに吾をみつむるなり黒曜のまなこのまるきレッサーパンダ

白樺の一樹

「―守る会」活動母は真夜帰りわが読む童話で妹寝《い》ねし

独り棲み豆まき無縁のわが部屋に追われし鬼らがあまた顕《た》ちたり

大鬼も小鬼も来たれ酒宴せむ独りのわれが鬼となるまで

引揚者なれば家持つこともなき父母が建てたる山荘朽ちぬ

妙高と黒姫仰ぎ農道を縦に連なり父母と辿りし

白樺の一樹あるゆえちさき小屋別荘なりと父母喜べり

復活祭の卵

拒まれしうたこそわれの好みなりげに短歌とは測りがたしも

たちまちにわが身ひかりに包まれぬ辛夷並木に一歩入れば

帰ること難《かた》しと思《も》えど美《は》しきかなさくらさくらの京都映れり

祖代々の旧居手放しつづまりはとても身軽に逝きたる父よ

十歳の少年洗礼受くるなり行く末知らぬさくら吹き散る

復活祭の卵もらいて帰りきぬあと何遍のたまごとさくら

教え子をどの戦場にも送るまじ旗に誓いし春杳きかも

あたしだけ鬼に見つけてもらえずにさくらが過ぎてみずき咲いてた

「あたしはここ」と広場に出れば夕茜ともだちみんな消えておりたり

倒せざりし宰相の孫

紫陽花まで歩めぬわれに娘《こ》が買いぬ藍青の花あまた咲く鉢

「紫陽花はハイドレインジャ水の壺」娘は水を注ぎつつ笑む

倒せざりし宰相の孫国を統べ奪わんとするわれらの憲法

青葉雨ホームを巡るケアバスが次に拾うは元特攻兵

今にして面影顕《た》つと君語る人間魚雷の少年兵を

あじさい断首

コンビニの跡にどくだみ青臭し転変の世と人の呟く

日ざかりに車椅子長く押しくれし少年獅子のごとく髪振る

病院の廊下辿れば白雨やみ高き白壁茜に映える

おおいなる西瓜きりわけ笑いたる家族六人いま影もなし

菜種田の金の夕映え昨日なりいま蒼然と梅雨にけぶらう

不意打ちのように夏来ぬケアバスの老いが驚く百日紅の赤

萎れたるあじさい断首鮮《あたら》しき水の器を生きてぞ待たな

みどり児と同じ高さで

長女ゆえ厳しくせしと父の顕《た》ち父を偲びき蝉の声まで

満塁ホーマー逆転サヨナラ新井打つテレビへ拍手われとわが影

カープ愛する胸の奥処に燃ゆる火は八月六日の残り火と知れ

モンペ脱ぎワンピース着て陽を浴びぬ七十二年前八月十六日

マンションの窓の灯りの増えゆけば帰途のケアバス老いの減りゆく

城あとに朱《あけ》の泡噴くさるすべり風立つなべに石段に散る

男《お》の子らが夏の石段かけくだりあれちのぎくの花に没せり

ガラス張りのレストランより見る林蟬さまざまな声しぼりおり

車椅子停める汀に風来たり鯉とさざ波風に従う

みどり児と同じ高さで笑みかわすきみ乳母車われ車椅子

解説

永田 淳

西村美智子さんの名前を塔誌上で意識するようになったのはいつ頃のことであったか、定かには思い出せない。折々、

出崎哲朗「塔」にその名をみつけたり我を短歌に誘いし恩師
四条河原町古き茶房に師を囲みわれらは仲間アララギ学びし
稲健さん児らに囲まれシャボン玉盛んに売れり昔の四条
ビッグマウスの少女でありて嫌われぬ「ぎしぎし歌会」蒸し暑き夏

といった歌が載ることがあって、古くから歌を作っておられたのだということは分かっていた。ただ私の記憶する限り、古くからの塔の会員ではいらっしゃらなかったので、すこし不思議に思っていたのである。

出崎哲朗は戦後、「京都アララギ会」「高槻」などに参加した新進の歌人で、「ぎしぎしの会」の創刊メンバーでもあった。三十歳に届かぬ若さで病没するのであるが、当人に直接会ったことはなくとも、塔会員には聞き慣れた名前である。

二首目の四条河原町の喫茶店がどこなのか不明であるが（潰れた、という歌も後になっ

て出てくる）、六曜社という三条河原町にほど近い喫茶店で塔の歌人がよく集まっていた、などという話を再々聞かされていた私にはなじみ深い。

「稲健さん」は稲葉健二、後に結社「未来」の中心的歌人になるが、やはり「ぎしぎしの会」会員でもあった。

「ぎしぎし歌会」とは関西アララギの若手が高安国世を慕って結集した会である。この辺りの経緯は『塔事典』に詳しい。

ともあれこういった、塔に依って歌を作っている人間にとって、実際にその歌人に出会ったことがなくとも、親しみを覚える人名や固有名詞が出てくるので、西村さんという方が意識のどこかに引っかかっていたのだ。

西村さんが戦後すぐの京都でどのように短歌に親炙されていったか、そして離れていかれたか、はあとがきに詳しい。師事されていた出崎哲朗が急逝することで、ぎしぎしが解散、失意のうちに西村さんは短歌から遠ざかることになる。そしておよそ六十年の歳月を経て、再び短歌に復帰、塔に入られた。

一冊は「戦争と家族」と題された一連五十首から始まる。幼時、台湾へ渡り、戦後に引き揚げてくるまでが鮮明な記憶と共に描かれる一連である。この歌集『邂逅や』のもっとも重要な基底部をおそらくはこの一連がなしている。つまり家族との軋轢、葛藤、戦争、そして戦後民主主義。このボリュームのある五十首を巻頭に据えた、というところに西村さんの作歌に対するつよい意思、あるいはマニフェストを読者はまず受け取るだろう。

一冊でもっとも深く印象づけられるのが、一〇一歳で他界された母親であろう。母親の挽歌を作ることから、西村さんの作歌の再出発は始まった。

母の歌星菫派などと罵りし若き日のわれただ悔やまれる
信綱の選に採られし一首ゆえ母は歌人とひと生《よ》自称す
「何時え」と起きる時間を問いし母にふたたび覚める朝訪れず
戦争無うてよかったなあとわが母は百一歳で笑みつつ逝きぬ
「しんどい」と繰り返す母に「くどいえ」と応《いら》えしわれは鬼でありしか

西村さんが短歌に興味を持たれるようになった直接の原因はこの母親であった筈である。明星系のような歌を作っておられたのだろう、それを蔑んでしまったことを後悔している一首目、しかし二首目ではやや皮肉な響きもあろうか。

集中で母親の死は繰り返し歌われる。それらの中でも独特の京都弁が精彩を加える。「何時え」は「何時なの？」といった軽い質問、「くどいえ」は「くどいよ」とややたしなめるようなニュアンスも含まれようか。こうした話し言葉の端々に、母親の人となりが彷彿としてくる。

母娘の葛藤、というのは多くの女性歌人の歌集に見られることで、西村さんの場合もある程度の確執はもちろんあったろうが、それほど特筆すべきことではない。

しかし、父の歌となるとがらりと様相が変わってくる。

祖母と母争う声に泣きたれば「うるさい」と父われを殴《う》ちたり
「このカス」と吾《あ》を罵れど妹に優しく母に甘かりき　父

妹にも母にも厳しい父親であったなら、父はこれほどまでの憎悪の対象とはならなかったろう。多く歌われる訳ではないが、父の歌にはふつふつとした怒りが籠められている。

しかし巻末近くになって読者は

長女ゆえ厳しくせしと父の顕《た》ち父を偲びき蟬の声まで

という一首に巡り会う。父親の死後、長い時間をかけて西村さんは父がなぜ私をあんなに罵ったのか、叱ったのか、その言動の理由を探してこられたのだと思う。そしてついに辿り着いたのがこの一首であった。短歌、という表現型をもし西村さんが選ぶことがなかったら、この一首が生まれることももちろんなかったし、西村さんにとって父とはただ憎いだけの存在で終わってしまったかもしれない。しかし、歌を作り続けることで、父の当時の心情を汲んでみようという思いが芽生えたのではないか。そして最終的には父と和解できたのだと思う。それだけでも、一冊に纏められた意義があるのではないかとさえ思われる。

ここでひとつ指摘をしておきたい。

もとより母親が亡くなったことを契機として歌作を復活されたからではあるが、一集は多く回想の歌で占められている。両親のこと、台湾でのこと、ぎしぎしに依って作歌していたこと、あるいは安保闘争のことなど、それらが繰り返し何度も何度も歌われる。私はこれをとても大事なことだと思っている。以前にもおなじモチーフで作ったから、今回はもうこのテーマで作るのはやめよう、または似たような歌があったから重複して歌集に入れるのはやめておこう、そんな心理がどうしても働く。しかし、本人にとって大事なテーマであるならば視点を変え、切り取り方に工夫をこらしながら、倦むことなく歌い続け、歌集に収める行為は、一冊に分厚い重層性を生むことに繋がるのではないか、そんな風に思うのである。

　六・一五のデモにありしや孫問えりありしよ紅き旗の林に
　大海の朝日に向かい引揚者万歳叫びぬ十四のわれも

六十年安保闘争の古い映像、樺美智子が亡くなったそのデモを見ながら、孫が「お祖母ちゃんもあの中にいたの？」と訊いてくる。おそらく孫はあと数年もすれば樺の享年になるのではないか。遠くに岡井隆の「旗は紅き小林《おばやし》なして移れども帰りてをゆかな病むものの辺《へ》に」（『土地よ、痛みを負え』）を思わせるが、いい歌である。

台湾へと向かった時の高揚感とはまったく違う、打ちひしがれながら祖国の土を踏み万歳を叫ぶ。西村さんは、実感を持ってこのような歌が作れる最後の世代でもあろう。

こうしたデモの歌、戦争の歌は歌集のあちらこちらに顔を見せる。それらは自ずからメッセージ性、思想性を帯び、一冊を底流していく。そして、繰り返しになるが、こうした歌が頻出することで、あたかもサブリミナル効果のように読者に強く訴えかけてもくるのである。

見てきたような直截な歌ばかりではない。西村さんの歌の本来の特長は例えば

おとめごの乳首のごとくふくらめる木蓮のつぼみ月がふれたり
人未生のしじま思えり満開の辛夷並木を月が照らせり
翼ある群狼《ぐんろう》の飛翔想像す凩ごうと空渡るとき
雌雄の風まぐわいながら林ぬけ月に向かいて声発しあう
百花載せ北半球より遠ざかる風の匂いすあかつきの窓
海見える席で生牡蠣すする時わが下半身人魚となりゆく
夕川に風が浮かべし花筏吾《あ》を載せて往け春の湊へ

のような幻想的で耽美的、そしてどこかほのかにエロスを感じさせる歌にこそ美質を見いだせるように思うのだ。あとがきによれば、英語教師を退職したあとにケンブリッジでシェイクスピアを研究されたとのこと。そうした英文学に裏打ちされた素質が、遠い昔に一時期アララギ系の歌に膚接した体験と融合して、このような空想に淫しすぎないファンタジー、地に足の着いたファンタジーとでも言えばよいか、になったのだと思う。「翼ある群狼の飛翔」なんてフレーズは、映画「ハリー・ポッター」の一場面が浮かんで来そうである。

他に、広島カープ好きの優しい孫のこと、両親が建てた山荘のこと、そして自身の度重なる病のことなど内容は多岐にわたるが、もとよりすべてに触れることはできない。それらについてはまたそれぞれが中身にあたっていただきたいところである。

時に直裁に、またあるときは詩情豊かに、叙事的な歌と叙情的な歌が絶妙なバランスを保ちながら編まれた、一冊を概観すればそんな風に言うことができるだろうか。

多くのよき読者と巡り会う歌集であって欲しいと願っている。

平成三十年五月十日

あとがき

これは私の生涯最初の歌集である。この歌集が上梓できたのはひとえに永田淳氏のおかげである。

「家族と戦争」は昭和六年八月八日の私の誕生から十五年戦争の敗戦の翌年までを五十首の連作にした。

父は東京帝大法学部在学中に新人会で活動していたが、卒業後は弁護士として山本宣治とともに小作人争議の支援をしていた。日本女子大国文科卒の母はそのような父の影響でベーベルの『婦人論』などを読み家事を軽んじるようになっていった。

昭和十五年、父が台北帝大に赴任し、祖母を京都に置いて一家は台北に移住する。移住の翌年、太平洋戦争が勃発。敗戦の結果リュック一つで京都に引き揚げることになった。

昭和二十一年四月のはじめ、京都府立第一高等女学校の編入試験を受けた帰りに四条京阪に向かって四条通りを歩いていると、背後から隊列が歌いながら私を追い抜き、円山公園に向かって行った。さみどりに芽吹く並木路に幾旒もの赤旗が美しく映えていた。心臓がぎゅっと締め上げられるようであった。

学校ではたちばな短歌会に入会。昭和二十二年、出崎哲朗先生がたちばな短歌会の顧問になられる。私たちは先生からガリ切り謄写版刷りのプリントを何枚もいただくことになった。万葉集の長歌や短歌。子規から芳美にいたるアララギ歌人の歌。短歌とはこんなに美しいものだったのか。つい二年前まで軍国主義一色しか知らなかった私には破壊的なまでに激しいカルチュアショックであった。先生はまた「高槻」や「ぎしぎし」も見せてくださった。

ぎしぎし同人の方が短歌会に来られて批評されたこともある。誘われるままにぎしぎしに入会、アララギにも入り、土屋文明選に採られて狂喜したものである。私は短歌に夢中で周辺がなにもみえていなかったが、出崎先生は病を抱えておられ、病状がどんどん悪化し昭和二十五年二月に逝去、同時にぎしぎしも消滅した。茫然自失し、短歌のことを考えることもいやになってしまった。国文科に入り万葉仮字で万葉集を学ぶ、という大望を抱いていたのが英文科に入ることになる。大学ではT．S．エリオットを卒論にしたが、エリオットを勉強しているうちにシェイクスピアを学んでこその英文学と思うようになり大学院に進む。シェイクスピアリアンイングリッシュでシェイクスピアを研究するという高望みは潰え、修士論文は別のテーマにした。

修了後は女子高の英語教師となり、その後半世紀以上短歌とは全く縁なくすごすことになる。退職後、学生時代に挫折したシェイクスピア研究を再開すべくケンブリッジ大学が主宰する夏のシェイクスピア講座に参加、諸外国人がケンブリッジに集まりシェイクスピアを勉強する講座に十年通う。

そして短歌。

一〇一歳で亡くなった母の挽歌が朝日歌壇の高野公彦選に入った。短歌があるではないか。私は恐る恐る「塔」に入会した。

苦しみつつもがきつつ毎月十首を提出し三ヶ月後に結果を見ることは、楽しみであり何よりも七十年の空白を埋める勉強にもなっている。「塔」入会後数年して、東京平日歌会に参加、歌会での活発な議論や花山多佳子・小林幸子両先生のご指導はとても刺激になった。

「塔」に掲載された短歌も徐々にたまり、十五年戦争をテーマとした「家族と戦争」を加えた歌集の構想が浮かび始めた。「家族と戦争」は自信がなかったので、畏友木村草弥氏にご一読願い、アドバイスをいただいた。

中川佐和子先生のお名前もあげておきたい。朝日カルチャーセンター通信講座でご指導いただいた。先生が書いて下さる評は、私にとっていつも泉であった。

歌集が出る！人生はなお素晴らしい！みなさんありがとう！

二〇一八年五月

西村　美智子

塔21世紀叢書第318篇

歌集　邂逅《わくらば》や

初版発行日　二〇一八年六月十五日

著　者　西村美智子

横浜市都筑区仲町台五－七－七－九〇八（〒二二四－〇〇四一）

定　価　二五〇〇円

発行者　永田　淳

発行所　青磁社

京都市北区上賀茂豊田町四〇－一（〒六〇三－八〇四五）

電話　〇七五－七〇五－二八三八

振替　〇〇九四〇－二－一二四二二四

http://www3.osk.3web.ne.jp/~seijisya/

装　幀　野田和浩

印刷・製本　創栄図書印刷

ISBN978-4-86198-405-1 C0092 ¥2500E